# The Old Woman and the Eagle

by

## Idries Shah

# La señora y el águila

Escrito por

## Idries Shah

**HOOPOE BOOKS**
**LOS ALTOS, CA**

nce upon a time, when cups were plates and when knives and forks grew in the ground, there was an old woman who had never seen an eagle.

**H**abía una vez, cuando las tazas eran platos y los cuchillos y tenedores crecían en la tierra, una mujer vieja que nunca había visto un águila.

One day, an eagle was flying high in the sky and decided to stop for a rest. He swooped down and landed — where do you think?

Un día, un águila estaba volando alto en el cielo y decidió parar para descansar. Se lanzó veloz hacia abajo y aterrizó... ¿dónde crees que aterrizó?

He landed right at the front door of the old woman's house.

Aterrizó justo ante
la puerta de la casa
de la señora.

The old woman took a long, hard look at the eagle and said, "Oh my, what a funny pigeon you are!"

She figured he was a pigeon, you see, because although she had never seen an eagle, she had seen lots of pigeons.

"I am not a pigeon at all," said the eagle, drawing himself up to his full height.

La señora le dio una larga y cuidadosa mirada al águila y dijo, "¡Caramba! ¡qué paloma tan extraña eres!"

Se le ocurrió que era una paloma, ¿sabes? Porque, aunque ella nunca había visto un águila antes, sí había visto muchas palomas.

"Yo no soy una paloma de ninguna manera", dijo el águila, estirándose en toda su altura.

"Nonsense!" said the old woman. "I've lived for more years than you've got feathers in your wings, and I know a pigeon when I see one."

"If you're so sure that I'm a pigeon," said the eagle, "then why do you say I'm a funny pigeon?"

"¡Tonterías!" dijo la señora. "Yo he vivido por más años que plumas tienes en tus alas, y sé reconocer una paloma cuando la veo."

"Si estás tan segura de que soy una paloma", dijo el águila, "entonces ¿por qué dices que soy una paloma extraña?"

"Well, just look at your beak," said the old woman. "It's all bent. Pigeons have nice, straight beaks.

And look at those claws of yours! Pigeons don't have long claws like that.

And look at the feathers on top of your head! They are all messed up and need to be brushed down. Pigeons have nice, smooth feathers on their heads."

"Pues, mírate el pico", dijo la señora. "Está todo torcido. Las palomas tienen picos bonitos, rectos.

¡Y mírate esas garras! Las palomas no tienen uñas largas como ésas.

¡Y mira las plumas encima de tu cabeza! Están todas revueltas y necesitan ser cepilladas y alisadas. Las palomas tienen plumas bonitas y suaves en sus cabezas."

And before the eagle could reply, she got hold of him and carried him into the house.

She took her clippers and trimmed his claws until they were quite short.

Y antes de que el águila pudiera responder, la señora la agarró y se la llevó para adentro de la casa.

Tomó sus alicates y le cortó las uñas hasta que quedaron bien cortas.

She pulled on his beak
until it was quite straight.

And she brushed down the
lovely tuft of feathers on top of
his head until it was quite flat.

Le estiró el pico hasta que
quedó bien derecho.

Y le cepilló y alisó su
hermoso copete de plumas
encima de la cabeza hasta
que quedó bien chato.

"Now you look more like a pigeon!" said the old woman. "That's so much better!"

But the eagle didn't feel any better. In fact, he felt quite sad.

"¡Ahora sí te pareces más a una paloma!", dijo la mujer. "¡Así está mucho mejor!"

Pero el águila no se sentía nada mejor. Lo cierto es que se sentía bastante triste.

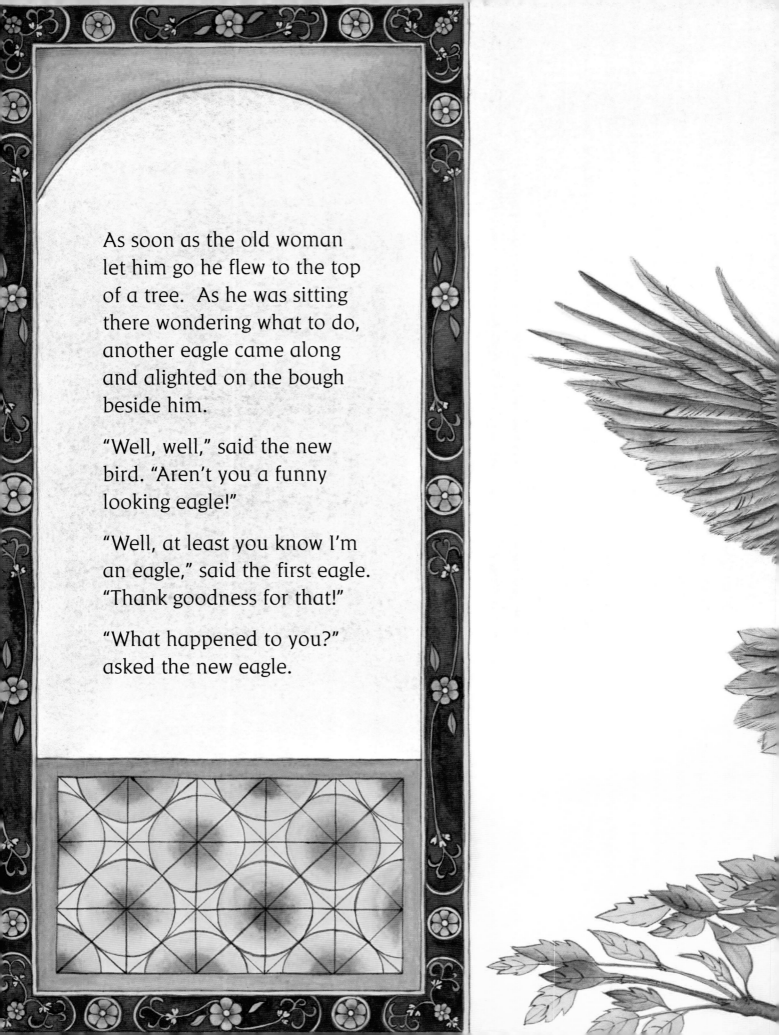

As soon as the old woman let him go he flew to the top of a tree. As he was sitting there wondering what to do, another eagle came along and alighted on the bough beside him.

"Well, well," said the new bird. "Aren't you a funny looking eagle!"

"Well, at least you know I'm an eagle," said the first eagle. "Thank goodness for that!"

"What happened to you?" asked the new eagle.

Tan pronto como la señora la dejó ir,
el águila voló hasta la cima de un
árbol. Mientras estaba allí pensando
qué hacer, otra águila llegó y se posó
en la rama de al lado.

"Vaya", dijo el nuevo pájaro, "¡Tú sí
que eres un águila extraña! ¿no?"

"Bueno, por lo menos tú sabes que
soy un águila", dijo la primera águila.
"¡Menos mal!"

"¿Qué te ha pasado?"
preguntó la nueva águila.

"Well," said the first eagle, "An old woman thought I was a pigeon.

And since pigeons don't have long claws, she trimmed my claws.

And since pigeons don't have hooked beaks, she straightened my beak.

And since pigeons don't have tufts of feathers on their heads, she brushed my tuft down."

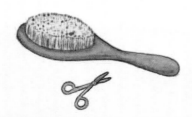

"Bueno", dijo la primera águila. "Una señora vieja pensó que yo era una paloma.

Y como las palomas no tienen uñas largas, ella me cortó las uñas.

Y como las palomas no tienen el pico curvado, ella me enderezó el pico.

Y como las palomas no tienen copete de plumas en sus abezas, ella me cepilló y aplastó el copete."

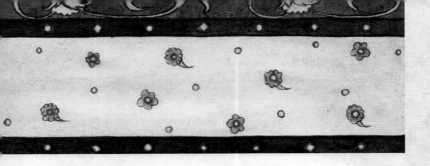

"She must be a very foolish old woman, indeed," said the new eagle.

And with that, he took a brush from under his wing, and he brushed the first eagle's feathers back into a tuft.

And with his claws he bent the eagle's beak down until it was nicely rounded once again.

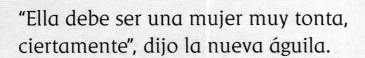

"Ella debe ser una mujer muy tonta, ciertamente", dijo la nueva águila.

Y así diciendo, sacó un cepillo de abajo de su ala, y cepilló las plumas de la primera águila otra vez en forma de copete.

Y con sus garras dobló el pico del águila hasta dejarlo nuevamente bien curvadito.

"There now!" he said, "you look like an eagle again. Don't worry about your claws, they'll soon grow back."

"Thank you, my friend!" said the first eagle.

"Think nothing of it," said his new friend.

"¡Ahora sí!" dijo, "te pareces de nuevo a un águila. No te preocupes por tus uñas, pronto van a crecer otra vez."

"¡Gracias amiga!" dijo la primera águila.

"De nada", dijo la nueva amiga.

"But remember this," he continued, "there are a lot of silly people in the world who think that pigeons are eagles, or that eagles are pigeons, or that all sorts of things are other things.

And when they are silly like that, they do very foolish things. We must be sure to keep away from that silly old woman and the people like her."

"Pero recuerda esto", continuó diciendo, "hay un montón de personas tontas en el mundo que piensan que las palomas son águilas, o que las águilas son palomas, o que todo tipo de cosas son otras cosas.

Y cuando son así de tontas, hacen muchas tonterías. Lo mejor es mantenernos lejos de esa señora y de la gente como ella."

And with that, the eagles flew back to their own country and returned to their own nests.

And they never went near that silly old woman again.

Entonces, las águilas volaron de vuelta a su propio país y regresaron a sus propios nidos.

Y nunca más se acercaron a aquella señora tonta.

And so everyone lived happily ever after.

Y así, todos vivieron felices para siempre.